OS FILHOTES

MARIO VARGAS LLOSA
XAVIER MISERACHS
OS FILHOTES

Tradução
Paulina Wacht e Ari Roitman

À memória de
Sebastián Salazar Bondy

1

AINDA USAVAM CALÇAS CURTAS NAQUELE ANO, ainda não fumávamos, entre todos os esportes preferiam o futebol e estávamos aprendendo a pegar ondas, a mergulhar do segundo trampolim do Terrazas, e eram levados, imberbes, curiosos, muito ágeis, vorazes. Naquele ano, quando Cuéllar entrou no Colégio Champagnat.

Irmão Leoncio, é verdade que vem um aluno novo?, para o terceiro A, irmão? Sim, o irmão Leoncio afastava a franja que cobria seu rosto com um safanão, agora silêncio.

Apareceu certa manhã, na hora da fila, pela mão do pai, e o irmão Lucio colocou-o na frente porque era ainda mais baixo que Rojas, e na sala o irmão Leoncio sentou-o lá atrás, junto conosco, naquela carteira vazia, rapazinho. Como se chamava? Cuéllar, e você? Choto, e você? Chingolo, e você? Mañuco, e você? Lalo. De Miraflores? Sim, desde o mês passado, antes morava em Santo Antonio e agora na Mariscal Castilla, perto do cinema Colina.

Era caxias (mas não puxa-saco): na primeira semana tirou o quinto lugar e na seguinte o terceiro e depois sempre primeiro até o acidente, então começou a relaxar e a tirar notas ruins. Os catorze incas, Cuéllar, dizia o irmão Leoncio, e ele os recitava sem respirar, os Mandamentos, as três estrofes do hino marista, a poesia "Minha bandeira" de López Albújar: sem respirar. Que crânio, Cuéllar, dizia Lalo e o irmão muito boa memória, jovenzinho, e para nós, aprendam, velhacos! Ele lustrava as unhas na lapela do paletó e olhava a sala toda por cima do ombro, muito prosa (de mentira, no fundo não era metido, só um pouco louquinho e brincalhão. E, além disso, bom colega. Sempre nos dava cola nos exames e nos recreios oferecia pirulitos, ricaço, puxa-puxas, que sortudo, Choto lhe dizia, você ganha mais mesada que nós quatro juntos, e ele pelas boas notas que tirava, e nós ainda bem que você é boa gente, caxias, era isso o que o salvava).

As aulas do primário terminavam às quatro, às quatro e dez o irmão Lucio mandava romper fileiras e às quatro e quinze estavam no campo de futebol. Jogavam as pastas na grama, os casacos, as gravatas, rápido, Chingolo, rápido, vá para o gol antes que alguém tome conta, e no canil o Judas ficava doido, au, levantava o rabo, au au, mostrava os caninos, au au au, dava saltos mortais, au au au au, sacudia os arames. Vai ser o diabo se um dia ele escapar, dizia Chingolo, e Mañuco se escapar temos que ficar parados, os dinamarqueses só mordiam quando sentiam que estão com medo deles, quem lhe disse isso?, meu velho, e Choto eu subiria em cima da trave, assim ele não me alcançaria, e Cuéllar tirava seu punhalzinho e zás, liquidava o bicho, cortava e enterravaaaaauuuu, olhando para o céu, aaaauuuuu, as duas mãos na boca, auauauauauuuuuu: como gritava Tarzan? Só jogavam até as cinco, porque a essa hora o ginásio saía e os grandes nos expulsavam do campo por bem ou por mal. De língua de fora, sacudindo a roupa e suando recolhiam livros, casacos e gravatas e íamos para a rua. Desciam pela Diagonal dando passes de basquete com as pastas, pega esta, filhinho, atravessávamos o parque na altura de Las Delicias, peguei!, viu, filhinha?, e no armazém da esquina da D'Onofrio comprávamos casquinhas, de baunilha?, mistas?, sirva um pouco mais, caboclo, não nos roube, um pouquinho de limão, pão-duro, uma lambuja de morango. E depois continuavam descendo a Diagonal, o Violino Cigano, sem falar, a rua Porta, absortos com os sorvetes, um sinal de trânsito, shhp chupando shhhp e pulando até o edifício San Nicolás e ali Cuéllar se despedia, rapaz, não vá embora ainda, vamos ao Terrazas, pediriam a bola ao Chinês, ele não queria jogar pela seleção da turma?, irmão, para isso teria que treinar um pouco, venha vamos ande, só até as seis, uma pelada de salão no Terrazas, Cuéllar. Não podia, seu pai não deixava, tinha que fazer os deveres. Os outros o acompanhavam até sua casa, como ia entrar no time da turma se não treinava?, e afinal acabávamos indo ao Terrazas sozinhos. Boa gente mas muito caxias, dizia Choto, de tanto estudar se descuida do esporte, e Lalo não era culpa dele, o velho devia ser um chato, e Chingolo claro, ele morria de vontade de vir com eles, e Mañuco assim seria difícil entrar no time, não tinha físico, nem chute, nem resistência, cansava logo, nem nada. Mas cabeceia bem, dizia Choto, e além do mais era nosso parceiro, tinha que entrar no time de qualquer maneira dizia Lalo, e Chingolo para que continue conosco e Mañuco sim, ia entrar, se bem que a coisa seria difícil!

Mas Cuéllar, que era teimoso e morria de vontade de jogar no time, treinou tanto no verão que no ano seguinte ganhou a posição de meia-esquerda na seleção da turma: *mens sana in corpore sano*, dizia o irmão Agustín, estávamos vendo?, pode-se ser bom esportista e aplicado nos estudos, que seguíssemos o seu exemplo. Como você fez?, perguntava Lalo, de onde vem essa cintura, esses passes, essa fome de bola, esses chutes no ângulo? E ele: seu primo Chispas o tinha treinado e seu pai o levava ao estádio todo domingo e então, vendo os craques, aprendia todos os truques, entendíamos? Tinha passado três meses sem ir à matinê nem à praia, só assistindo e jogando futebol de manhã e de tarde, vejam estas panturrilhas, não ficaram duras? Sim, melhorou muito, dizia Choto ao irmão Lucio, é verdade, e Lalo é um atacante ágil e trabalhador, e Chingolo como organizava bem o ataque e, acima de tudo, não perdia a moral, e Mañuco, viu como recua para buscar a bola quando o adversário está atacando, irmão Lucio?, ele tem que entrar no time. Cuéllar ria feliz, soprava as unhas e lustrava-as na camiseta do quarto A, mangas brancas e peito azul: pronto, dizíamos, já botamos você no time mas não fique mascarado.

Em julho, para o campeonato interséries, o irmão Agustín autorizou o time de quarto A a treinar duas vezes por semana, às segundas e sextas-feiras, nas horas de desenho e de música. Depois do segundo recreio, quando o pátio ficava vazio, molhadinho pela garoa, lustroso como uma chuteira novinha, os onze selecionados desciam para o campo, vestíamos o uniforme e, de chuteira e agasalho pretos, saíam do vestiário em fila indiana, a passo ginástico, encabeçados por Lalo, o capitão. Em todas as janelas das salas de aula apareciam rostos invejosos que espiavam seus piques, soprava um ventinho frio que enrugava a água da piscina (você entraria?, depois do jogo, agora não, brrr que frio), seus chutes, e balançava as copas dos eucaliptos e dos fícus do parque que despontavam sobre o muro amarelo do colégio, seus pênaltis e a manhã passava voando: treinamos muito bem, dizia Cuéllar, bárbaro, vamos ganhar. Uma hora depois o irmão Lucio apitava e, enquanto as salas se esvaziavam e as turmas formavam no pátio, os selecionados íamos vestir-nos para almoçar em casa. Mas Cuéllar se atrasava porque (você copia tudo dos craques, dizia Chingolo, quem pensa que é?, Toco Terry?) sempre entrava no chuveiro depois dos treinos. Às vezes eles também tomavam banho, au, mas esse dia, au au, quando Judas apareceu na porta do vestiário, au au au, só Lalo e Cuéllar estavam debaixo da água: au au au au. Choto, Chingolo e Mañuco pularam pelas janelas, Lalo gritou fugiu olhe irmão e conseguiu fechar a porta do chuveiro bem no focinho do dinamarquês. Ali, encolhido, ardósias brancas, azulejos e esguichos de água, tremendo, ouviu os latidos de Judas, o choro de Cuéllar, seus gritos, e ouviu berros, pulos, batidas, escorregões e depois só latidos, e um bocado de tempo depois, juro (mas quanto, dizia Chingolo, dois minutos?, mais, irmão, e Choto cinco?, mais muito mais), o vozeirão do irmão Lucio, os palavrões de Leoncio (em espanhol, Lalo?, sim, em francês também, você entendia?, não, mas imaginava que eram palavrões, idiota, pela fúria da voz), os carambas, meu Deus, fora, fora, sai daqui, o desespero dos irmãos, seu susto terrível. Abriu a porta e já o tinham carregado, viu-o entre as batinas negras, desacordado?, sim, pelado, Lalo?, sim e sangrando, irmão, palavra, que coisa horrível: o banheiro todo era puro sangue. Que mais, o que aconteceu depois, enquanto eu me vestia, perguntou Lalo, e Chingolo o irmão Agustín e o irmão Lucio puseram Cuéllar na caminhonete da Diretoria, nós os vimos lá da escada, e Choto arrancaram a oitenta (Mañuco cem) por hora, buzinando e buzinando feito os bombeiros, feito uma ambulância. Enquanto isso o irmão Leoncio perseguia Judas, que ia e vinha pelo pátio dando pulos, cambalhotas. Quando o agarrava, metia o bicho no canil e o açoitava por entre os arames (queria matá-lo, dizia Choto, se você tivesse visto, dava até medo) sem misericórdia, vermelho, a franja dançando no seu rosto.

Naquela semana, a missa de domingo, o rosário de sexta-feira e as orações do princípio e do fim das aulas foram dedicadas ao restabelecimento de Cuéllar, mas os irmãos ficavam furiosos quando os alunos falavam entre si do acidente, sempre nos davam tapas e cascudos, silêncio, tome, de castigo até as seis. Mesmo assim, aquilo era o único assunto nos recreios e nas salas de aula, e na segunda seguinte, quando foram visitá-lo na Clínica Americana depois da saída do colégio, vimos que não tinha nada no rosto nem nas mãos. Estava num quartinho lindo, olá Cuéllar, paredes brancas e cortinas creme, já ficou bom, compadre?, ao lado de um jardim com florzinhas, grama e uma árvore. Eles estávamos nos vingando, Cuéllar, todo recreio era pedrada e mais pedrada no canil do Judas e ele benfeito, logo, logo aquele desgraçado não teria mais um osso inteiro, ria, quando saísse de lá iríamos ao colégio uma noite e entraríamos pelo telhado, viva o jovenzinho pam pam, a Águia Mascarada tchas tchas, e faríamos esse cachorro ver estrelas, de bom humor mas magrinho e pálido, como ele fez comigo. Sentadas à cabeceira de Cuéllar havia duas senhoras que nos deram chocolate e foram para o jardim, meu coração, fique conversando com seus amiguinhos, elas fumariam um cigarro e voltariam, a de vestido branco é minha mãe, a outra uma tia. Conte Cuéllar, irmãozinho, o que aconteceu, tinha doído muito?, demais, onde o havia mordido?, foi aqui, e ficou nervoso, na piroquinha?, sim, encabuladinho, e riu e nós rimos e as senhoras acenando da janela, meu coração, e para nós só mais um instantinho porque Cuéllar ainda não estava bom e ele psiu, era um segredo, seu velho não queria, nem sua velha, que ninguém soubesse, meu bem, melhor não dizer nada, para quê, tinha sido mesmo na perna, meu coração, está bem? A operação levara duas horas, contou, ia voltar ao colégio dentro de dez dias, beleza de férias, o que mais você quer, foi o doutor quem disse. Voltamos e na turma todos queriam saber, costuraram a barriga dele, não é?, com agulha e linha, não é? E Chingolo como ele ficou sem jeito quando nos contou, seria pecado falar disso?, Lalo não, que nada, sua mãe lhe dizia toda noite antes de ir para a cama: já escovou os dentes, já fez xixi?, e Mañuco pobre Cuéllar, que dor deve ter sentido, se uma bolada ali já deixa qualquer um desmaiado imagine uma mordida e, ainda mais, pensa nos dentes do Judas, peguem pedras, vamos para o campo, uma, duas, três, au au au au, gostava?, desgraçado, que apanhasse e aprendesse. Pobre Cuéllar, dizia Choto, não ia poder brilhar no campeonato que começa amanhã, e Mañuco tanto treino à toa e o pior é que isto, dizia Lalo, enfraqueceu o nosso time, temos que dar tudo se não quisermos ficar na lanterna, rapazes, jurem que vão se superar.

2

SÓ VOLTOU AO COLÉGIO DEPOIS DAS FESTAS PATRIÓTICAS e, coisa estranha, em vez de desiludido com o futebol (não tinha sido por causa do futebol, de certa forma, que Judas o mordera?), veio mais esportista que nunca. Em compensação, os estudos começaram a lhe interessar menos. E era compreensível, mesmo que fosse burro, não precisava mais dar duro: ia fazer os exames com médias muito baixas e os irmãos o deixavam passar, exercícios malfeitos e ótimo, péssimos deveres e aprovado. Desde que aconteceu o acidente eles protegem você, dizíamos, não sabia nada de frações e, vejam que sacanagem, tirou oito. Além disso, chamavam-no para ajudar na missa, Cuéllar leia o catecismo, levar o galhardete da turma nas procissões, apague o quadro-negro, cantar no coro, distribua as cadernetas e, nas primeiras sextas-feiras, participava do café da manhã embora não comungasse. Quem me dera, dizia Choto, você tem um vidão, pena que Judas não tenha nos mordido, e ele não era por causa disso: os irmãos o protegiam de medo do seu velho. Bandidos, o que vocês fizeram com o meu filho, vou fechar este colégio, vou mandar vocês para a cadeia, não sabem quem sou, vou

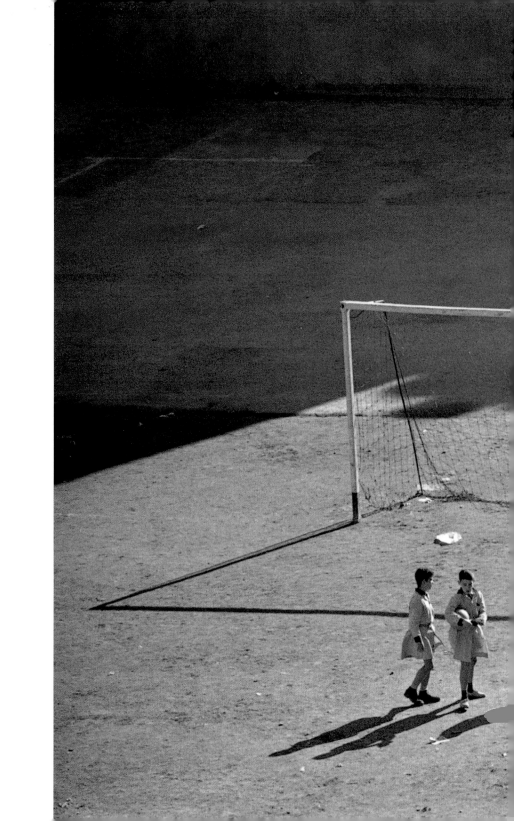

matar essa fera maldita e o irmão diretor, calma, acalme-se senhor, sacudiu-o pelo peitilho. Foi assim, palavra, dizia Cuéllar, o velho tinha contado à mãe e embora só falassem cochichando ele, da minha cama na clínica, tinha ouvido: era por isso que o protegiam. Pelo peitilho?, que cascata, dizia Lalo, e Chingolo talvez fosse verdade, por algum motivo o maldito animal tinha desaparecido. Devem ter vendido, dizíamos, ou fugiu, deram para alguém, e Cuéllar não, não, com certeza o seu velho viera matá-lo, ele sempre cumpria o que prometia. Porque um dia o canil amanheceu vazio e uma semana depois, em lugar do Judas, quatro coelhinhos brancos! Cuéllar, leve alface para eles, ah companheirinho, dê cenoura, como o paparicavam, troque a água, e ele feliz.

Mas não eram só os irmãos que começaram a mimá-lo, seus velhos também tinham dado para isso. Agora Cuéllar vinha todas as tardes jogar bola conosco no Terrazas (seu velho não briga mais?, agora não, ao contrário, sempre perguntava quem ganhou o jogo, meu time, quantos gols fez, três?, muito bem!, e ele não se zangue, mamãe, a camisa rasgou quando eu estava jogando, foi sem querer, e ela bobinho, não tinha importância, meu coração, a empregada ia costurar e serviria para usar em casa, que lhe desse um beijo) e depois nos sentávamos no balcão do Excélsior, do Ricardo Palma ou do Leuro para assistir a seriados, dramas impróprios para senhoritas, filmes do Cantinflas e do Tin Tan. Volta e meia aumentavam a sua mesada e me compram o que eu quiser, nos dizia, tinha os pais sob controle, eles atendem a todas as minhas vontades, estavam aqui na palma da mão, fazem tudo por mim. Ele foi o primeiro dos cinco a ter patins, bicicleta, moto, e eles Cuéllar peça ao seu velho que nos compre uma taça para o campeonato, que os levasse à piscina do estádio para ver Merino e o Coelho Villarán nadando e que fosse nos buscar de carro na saída da matinê, e o velho nos dava a taça e nos levava e apanhava de carro: sim, estava mesmo na palma da mão.

Naquela época, não muito tempo depois do acidente, começaram a chamá-lo de Piroquinha. O apelido nasceu na sala de aula, foi o espertinho do Gumucio que inventou?, claro, quem podia ser, e a princípio Cuéllar, irmão, chorava, estão me chamando de um palavrão, feito bicha, quem?, de quê?, uma coisa feia, irmão, tinha vergonha de repetir, gaguejando e as lágrimas que brotavam, e depois no recreio os alunos dos outros anos Piroquinha tudo certo, e o ranho que escorria, como vai, e ele irmão, olhe só, corria para perto de Leoncio, Lucio, Agustín ou do professor Cañón Paredes: foi ele. Protestava e também ficava furioso, o que você disse, eu disse Piroquinha, branco de cólera, bicha, com as mãos e a voz tremendo, vamos ver se tem coragem de repetir, Piroquinha, já repeti e daí, ele então fechava os olhos e, como seu pai tinha aconselhado, não aceite rapaz, pulava sobre eles, quebre suas fuças, e os desafiava, você pisa no pé e tchan, e brigava, um sopapo, uma cabeçada, um pontapé, onde fosse, na fila ou no campo, jogue-o no chão e pronto, na sala de aula, na capela, não vão amolar mais. Só que quanto mais se aborrecia mais o provocavam e uma vez, era um escândalo, irmão, o pai foi até a Diretoria soltando faíscas, estavam martirizando o seu filho e ele não ia admitir. Que tivesse colhões, que castigasse esses moleques senão ele mesmo o faria, que insolência, ia botar todo mundo no seu lugar, um tapa na mesa, era o fim da picada, era só o que faltava. Mas o apelido tinha grudado como um selo e, apesar dos castigos aplicados pelos irmãos, dos sejam mais humanos, tenham um pouco de piedade, do diretor, e apesar das lágrimas e dos chiliques e das ameaças e dos socos de Cuéllar, o apelido chegou à rua e pouco a pouco foi percorrendo os bairros de Miraflores e ele nunca mais conseguiu se livrar, coitado. Piroquinha passe a bola, não seja fominha, quanto tirou em álgebra, Piroquinha?, troco uma bala de fruta, Piroquinha, por um pão de mel, e não deixe de vir amanhã para o passeio a Chosica, Piroquinha, iam tomar banho de rio, os irmãos levariam luvas, você vai poder lutar boxe com Gumucio e se vingar, Piroquinha, e não tem botas?, porque vamos subir o morro, Piroquinha, e na volta ainda pegariam a sessão da tarde, Piroquinha, gostava do plano?

Até eles, Cuéllar, que no começo nos contínhamos, meu chapa, começaram a dizer, velho, contra nossa vontade, irmão, parceiro, de repente Piroquinha e ele, vermelho, o quê?, ou pálido, você também, Chingolo?, arregalando os olhos, homem, desculpe, não tinha sido com má intenção, ele também, o seu amigo também?, homem, Cuéllar, que não ficasse assim, como todo mundo falava a gente acabava se contagiando, você também, Choto?, e saía da boca sem querer, ele também, Mañuco?, era assim que o chamávamos pelas costas?, dava meia-volta e eles Piroquinha, não é mesmo? Não, que ideia, e o abraçávamos, palavra de honra que nunca mais e depois por que fica tão zangado, irmãozinho, era um apelido como outro qualquer e afinal, você não chama o manquinho Pérez de Patinete e o vesgo Rodríguez de Lesado ou Olhar Fatal e o gago Rivera de Bico de Ouro? E ele não era chamado de Choto e ele de Chingolo e ele de Mañuco e ele de Lalo? Não fique aborrecido, irmão, jogue logo, vamos, é sua vez.

Pouco a pouco foi se resignando ao apelido e no sexto ano já não chorava nem brigava, fazia-se de desentendido e às vezes até brincava, Piroquinha, não, Pirocão, rá rá!, e no primeiro ginásio já estava tão acostumado que, quando o chamavam de Cuéllar, ficava mais sério e olhava a pessoa com desconfiança, meio que duvidando, não seria gozação? Até dava a mão aos novos amigos dizendo muito prazer, Piroca Cuéllar às suas ordens.

Não com as garotas, é claro, só com os homens. Porque naquela época, além de esportes, eles já se interessavam por meninas. Tínhamos começado a fazer gracejos, nas aulas, sabe, ontem vi Pirulo Martínez com a namorada, nos recreios, estavam passeando de mãos dadas pelo Malecón e de repente pum, um chupão!, e nas saídas, na boca?, sim e ficaram um monte de tempo se beijando. Em pouco tempo, isso se tornou o assunto principal das conversas. Quique Rojas tinha uma garota mais velha que ele, loura, de olhos azuis e no domingo Mañuco viu-os entrando juntos no cinema Ricardo Palma e na saída ela apareceu toda despenteada, na certa estavam tirando sarro, e no outro dia à noite Choto pegou o venezuelano do quinto ano, aquele que chamam de Múcura por causa da bocarra, velho, num carro, com uma mulher muito maquiada e, claro, estavam sarrando, e você, Lalo, já sarrou?, e você, Piroquinha, rá rá, e o Mañuco gostava da irmã de Periquito Sáenz, e Choto ia pagar um sorvete e a carteira caiu no chão e tinha uma foto de uma menina vestida de Chapeuzinho Vermelho numa festa infantil, rá rá, não fique nervoso, Lalo, já sabemos que você é doido pela magrela Rojas, e você Piroquinha está gostando de alguém?, e ele não, vermelho, ainda, ou pálido, não estava gostando de ninguém, e você e você, rá rá.

Se saíssemos às cinco em ponto e corrêssemos feito almas penadas pela avenida Pardo, chegavam bem na hora da saída das garotas do Colégio La Reparación. Ficávamos parados na esquina e olhe, ali estavam os ônibus, eram as do terceiro e a da segunda janela é irmã do caboclo Cánepa, tchau, tchau, e aquela, olhe, digam oi, riu, riu e a pequena nos respondeu, tchau, tchau, mas não era com você, menina, e aquela e aquela. Às vezes levávamos papeizinhos escritos e os jogavam para o alto, que bonita você é, gosto das suas tranças, o uniforme fica melhor em você que em nenhuma outra, seu amigo Lalo, cuidado, homem, a freira já viu, vai botar as meninas de castigo, como se chama?, eu Mañuco, vamos ao cinema no domingo?, que lhe respondesse amanhã com um papelzinho igual ou fazendo que sim com a cabeça quando o ônibus passasse. E você Cuéllar, não gostava de nenhuma?, sim, daquela que se senta atrás, a de óculos?, não, não, a do ladinho, por que não lhe escrevia, então, e ele o que ia dizer, vamos ver, vamos ver, quer ser minha amiga?, não, que bobagem, eu queria ser amigo dela e lhe mandava um beijo, sim, assim estava melhor, mas era pouco, alguma coisa mais atrevida, quero ser seu amigo e lhe mandava um beijo e adoro você, ela seria a vaca e eu o touro, rá rá. E agora assine o seu nome e sobrenome e que lhe fizesse um desenho, por exemplo qual?, qualquer, um tourinho, uma florzinha, uma piroquinha, e assim passávamos as tardes, correndo atrás dos ônibus do Colégio La Reparación e, às vezes, íamos até a avenida Arequipa só para ver as garotas de uniforme branco do Villa María, tinham acabado de fazer a primeira comunhão? gritávamos, e até tomavam o Expresso e descíamos em San Isidro para espiar as do Santa Úrsula e as do Sagrado Coração. Não jogávamos mais bola tanto como antes.

Quando as festas de aniversário se transformaram em festas mistas, eles ficavam nos jardins, fingindo que brincavam de pegar, de esconder ou de polícia e ladrão, peguei você!, enquanto éramos puro olho, puro ouvido, o que estaria acontecendo no salão?, o que as garotas faziam com aqueles metidos, que inveja, que já sabiam dançar? Até que um dia decidiram aprender também e então passávamos sábados, domingos inteiros, dançando entre homens, na casa do Lalo, não, na minha que é maior vai ser melhor, só que Choto tinha mais discos, e Mañuco mas eu tenho a minha irmã que pode nos ensinar e Cuéllar não, na casa dele, seus velhos já sabiam e um dia tome, sua mãe, meu coração, tome essa vitrola, só para ele?, sim, não queria aprender a dançar? Podia levar para o quarto e chamar seus amiguinhos e se trancar com eles o tempo que quisesse e compre discos também, meu coração, vá à Discocentro, e eles foram e escolhemos *huarachas*, mambos, boleros e valsas e mandavam a conta para o velho dele, o senhor Cuéllar, Marechal Castilla duzentos e oitenta e cinco. Valsa e bolero era fácil, bastava ter memória e contar, um para cá, um para lá, a música não tinha tanta importância. Mais difícil eram a *huaracha*, temos que aprender os passos, dizia Cuéllar, e o mambo, dar voltas e soltar a parceira e se destacar. Aprendemos a dançar e a fumar quase ao mesmo tempo, tropeçando, engasgando com a fumaça dos Lucky e Viceroy, pulando até que, de repente, pronto irmão, você tragou, saía, não perca, mexa-se mais, ficando tonto, tossindo e cuspindo, vamos ver, tinha descido?, mentira, a fumaça estava debaixo da língua, e Piroquinha eu, que contássemos, tínhamos visto?, oito, nove, dez, e agora botava para fora: sabia ou não sabia tragar? E também soltar pelo nariz e agachar-se e dar uma voltinha e levantar-se sem perder o ritmo.

Antes, o que mais nos interessava no mundo eram esportes e cinema, e davam qualquer coisa por um jogo de futebol, mas agora só pensávamos em garotas e bailes e dávamos qualquer coisa por uma festa com discos de Pérez Prado e autorização da dona da casa para fumar. Havia festas quase todos os sábados e quando não éramos convidados entrávamos de penetra e, antes de entrar, sentavam-se no bar da esquina e pedíamos ao chinês, batendo no balcão com o punho: cinco *capitanes*! A seco e de virada, dizia Piroquinha, assim, glu glu, feito homem, como eu.

Quando Pérez Prado veio a Lima com sua orquestra, fomos esperá-lo na Córpac, e Cuéllar, quero ver quem faz como eu, conseguiu abrir caminho por entre a multidão, chegou aonde ele estava, puxou-lhe o paletó e gritou: "Rei do mambo!" Pérez Prado sorriu e também me deu a mão, juro, e assinou no seu caderno de autógrafos, vejam. Foram atrás dele, confundidos na caravana de fãs, no carro de Boby Lozano, até a praça San Martín e, apesar da proibição do arcebispo e das advertências dos irmãos do Colégio Champagnat, prosseguiram até a praça de Acho, à Tribuna de Sol, para assistir ao campeonato nacional de mambo. Toda noite, na casa de Cuéllar, ligavam a Rádio El Sol e ouvíamos, frenéticos, que trompete, irmão, que ritmo, a apresentação de Pérez Prado, que piano.

Já usavam calças compridas, penteávamos o cabelo com brilhantina e tinham crescido, principalmente Cuéllar, que de menor e mais fraco dos cinco passou a ser o mais alto e mais forte. Você virou um Tarzan, Piroquinha, dizíamos, que corpão você tem.

3

O PRIMEIRO A TER NAMORADA FOI LALO, quando estávamos no terceiro ginásio. Uma noite entrou no Cream Rica, todo risonho, eles o que foi e ele radiante, exibido feito um pavão: eu pedi a Chabuca Molina para namorar, ela me disse que sim. Fomos comemorar no Chasqui e, no segundo copo de cerveja, Lalo, como foi que você fez, Cuéllar estava nervosinho, pegou na mão dela?, chato, o que a Chabuca fez, Lalo, e perguntador você a beijou, conte? Ele nos contava, todo contente, e agora era a vez dos outros, saúde, feliz como só ele, vamos ver se arranjávamos logo uma namorada e Cuéllar, batendo o copo na mesa, como é que foi, o que disse a ela, o que respondeu, o que você fez. Até parece um padre, Piroquinha, dizia Lalo, me tomando a confissão e Cuéllar conte, conte, o que mais. Tomaram três garrafas de Cristal e, à meia-noite, Piroquinha saiu. Encostado num poste, em plena avenida Larco, em frente à Assistência Pública, vomitou: delicadinho, dissemos, e também que coisa, desperdiçar assim a cerveja que custou tão caro, que esbanjamento. Mas ele, você nos traiu, não estava a fim de brincadeiras, Lalo traidor, soltando espuma pela boca, você se adiantou, vomitando na camisa, declarar-se a uma garota, na calça, e nem sequer nos contou que estava paquerando, Piroquinha, incline-se um pouco, está manchando até a alma, mas ele nem aí, aquilo não se fazia, estou pouco ligando se me manchar, falso amigo, traidor. Depois, enquanto nós o limpávamos, a raiva passou e ele ficou sentimental: nunca mais o veríamos, Lalo. Agora ia passar os domingos com a Chabuca e nunca mais vem nos procurar, seu veado. E Lalo que ideia, irmão, namorada e amigos eram duas coisas diferentes, mas não se opunham, não precisava ser ciumento, Piroquinha, fique calmo, e eles apertem as mãos, mas Cuéllar não queria, que Chabuca desse a mão a ele, eu não. Fomos acompanhá-lo até a sua casa e o caminho todo ficou murmurando cale a boca velho e renegando, já chegamos, entre devagarzinho, devagarzinho, passo a passo feito um ladrão, cuidado, se fizer barulho seus pais vão acordar e acabar sabendo. Mas ele começou a gritar, quero ver, a chutar a porta da casa, que acordassem e soubessem e daí, seus covardes, que não fôssemos embora, ele não tinha medo dos velhos, que ficássemos e víssemos. Ficou danado, dizia Mañuco, enquanto corríamos para a Diagonal, você disse que pediu a Chabuca para namorar e o compadre mudou de cara e de humor, e Choto era inveja, foi por isso que se embebedou e Chingolo os velhos dele vão matá-lo. Mas não fizeram nada. Quem lhe abriu a porta?, minha mãe e o que aconteceu?, dizíamos, ela bateu em você? Não, começou a chorar, meu coração, como era possível, como ia beber álcool na sua idade, e também veio meu velho e brigou com ele, nunca mais ia fazer isso?, não, papai, tinha vergonha do que fizera?, sim. Então lhe deram um banho, levaram-no para a cama e na manhã seguinte ele pediu desculpas. Também para Lalo, irmão, sinto muito, a cerveja me subiu à cabeça, não foi?, xinguei você, fiquei perturbando, não foi? Não, que absurdo, coisa da bebida, toque aqui e amigos, Piroquinha, como antes, não aconteceu nada.

Mas tinha acontecido alguma coisa: Cuéllar começou a fazer loucuras para chamar a atenção. Todos aplaudiam e lhe dávamos corda, duvidam que eu roube o carro do velho e depois vamos dar umas voltas na Costanera, rapazes?, mas não, irmão, e ele pegava o Chevrolet do pai e iam para a Costanera; duvidam que eu bata o recorde de Boby Lozano?, mas não irmão, e ele vsssst pelo Malecón vsssst de Benavides até a Quebrada vsssst em dois minutos e cinquenta, bati?, sim e Mañuco se persignou, bateu, e você que medo, veadinho; que íamos ao Oh, Qué Bueno e deixávamos a conta pendurada?, mas não irmão, e eles iam ao Oh, Qué Bueno, e nos entupíamos de hambúrgueres e milk-shakes, davam o fora um a um e lá da igreja de Santa María víamos Cuéllar driblar o garçom e fugir, o que foi que eu disse?, duvidam que quebre todos os vidros dessa casa com a espingarda de perdigões do meu velho?, mas não, Piroquinha, e ele quebrava. Bancava o doido para nos impressionar, mas também para você, viu, viu?, tirar onda com Lalo, você não teve coragem e eu sim. Não lhe perdoa a história com a Chabuca, dizíamos, que ódio tem dele.

No quarto ginásio, Choto se declarou a Fina Salas e ela disse que sim, e Mañuco a Pusy Lañas e ela também disse que sim. Cuéllar ficou fechado em casa durante um mês e no colégio mal os cumprimentava, escute, o que há com você, nada, por que não nos procurava, por que não saía com eles?, não tinha vontade de sair. Está se fazendo de misterioso, diziam, de interessante, complicado, ressentido. Mas aos poucos se conformou e voltou para o grupo. Aos domingos, Chingolo e ele iam sozinhos à matinê (solteirinhos, nós os chamávamos, viuvinhos), e depois matavam o tempo de algum jeito, andando à toa pelas ruas, sem falar ou só dizendo vamos por aqui, por ali, de mãos nos bolsos, ouvindo discos na casa de Cuéllar, lendo quadrinhos ou jogando cartas, e às nove iam para o parque Salazar encontrar os outros, que a essa hora já estávamos nos despedindo das namoradas. Foi bom o sarro?, dizia Cuéllar, enquanto tirávamos os casacos, afrouxavam as gravatas e arregaçávamos as mangas no bilhar da alameda Ricardo Palma, um sarro firme, rapazes?, a voz doente de birra, inveja e mau humor, e eles cale a boca, vamos jogar, irmão, língua?, piscando como se a fumaça e a luz dos focos inflamassem seus olhos, e nós estava zangado, Piroquinha?, por que em vez de ficar ofendido não arranjava uma garota e parava de amolar?, e ele se beijaram?, tossindo e cuspindo como um bêbado, até engasgar?, batendo pé, levantaram a saia, meteram o dedinho?, e eles a inveja o estava matando, Piroquinha, bem gostoso, bem bonito?, deixando doido, era melhor calar a boca e começar logo. Mas ele continuava, incansável, então, agora de verdade, o que tínhamos feito com elas?, quanto tempo as garotas deixavam beijar?, outra vez, irmão?, cale a boca, já estava ficando chato, e uma vez Lalo se aborreceu: merda, ia quebrar a cara dele, falava como se as nossas namoradas fossem dessas caboclinhas para trepar. Afinal os separamos e os mandaram fazer as pazes, mas Cuéllar não aguentava, era mais forte que ele, todo domingo a mesma história: e então, como foi?, que contássemos, sarrinho gostoso?

No quinto ginásio, Chingolo se declarou a Bebe Romero e ela lhe disse que não, a Tula Ramírez e não, a China Saldívar e sim: a terceira é a que vale, dizia, quem não cansa sempre alcança, todo feliz. Comemoramos no barzinho dos lutadores de catch da rua San Martín. Mudo, encolhido, triste em sua cadeira num canto, Cuéllar bebia um *capitán* atrás do outro: não faça essa cara, irmão, agora era a sua vez. Que escolhesse uma garota e se declarasse, dizíamos, nós dávamos força, podíamos ajudar e as nossas namoradas também. Sim, sim, escolheria logo, um *capitán* atrás do outro e, de repente, tchau, se levantou: estava cansado, vou dormir. Se ficasse ia cair no choro, dizia Mañuco, e Choto estava se segurando para não chorar, e Chingolo ou senão tinha um chilique como da outra vez. E Lalo: precisamos ajudá-lo, de verdade, vamos arranjar uma garota para ele mesmo que seja feinha, assim perde o complexo. Sim, sim, vamos ajudá-lo, era gente boa, um pouquinho chato às vezes mas no seu caso qualquer um, eles entendiam, perdoavam, sentiam saudade, gostavam dele, brindemos à sua saúde, Piroquinha, batam os copos, por você.

A partir de então, Cuéllar ia sozinho à matinê dos domingos e feriados — nós o víamos na escuridão da plateia, sentadinho nas filas do fundo, acendendo um cigarro atrás do outro, espiando disfarçadamente os casais bolinando —, e só se juntava a eles à noite, no bilhar, no Bransa, no Cream Rica, o rosto abatido, que tal o domingo? e a voz azeda, ele muito bem e vocês imagino que melhor ainda, certo?

Mas no verão a raiva já passara; íamos juntos à praia — a La Herradura, não mais a Miraflores —, no carro que ganhara dos velhos no

Natal, um Ford conversível que tinha escapamento aberto, não respeitava os sinais de trânsito e ensurdecia, assustava os transeuntes. Com muito esforço, acabou fazendo amizade com as garotas e se dava bem com elas, embora sempre, Cuéllar, ficavam enchendo com a mesma coisa: por que não se declara finalmente a alguma menina? Assim seriam cinco casais e sairíamos sempre em turma e andariam para cima e para baixo todos juntos, por que não faz isso? Cuéllar se defendia brincando, não, porque não caberiam todos no poderoso Ford e uma de vocês seria sacrificada, despistando, por acaso com nove já não ficavam espremidos? Falando sério, dizia Pusy, todos tinham namorada e ele não, você não se cansa de ficar segurando vela? Que desse em cima da magrela Gamio, ela é doida por você, tinha confessado isso outro dia, na casa da China, no jogo da verdade, você não gosta dela? Vá lá, nós ajudaríamos, ela ia aceitar, decida-se. Mas ele não queria ter namorada e fazia cara de bandido, prefiro a minha liberdade, e de conquistador, solteirinho vivia melhor. Liberdade para quê, dizia a China, para fazer barbaridades?, e Chabuca para ir transar?, e Pusy com vagabundas?, e ele cara de misterioso, quem sabe, de cafetão, quem sabe, e de pervertido: podia ser. Por que você não vem às nossas festas?, dizia Fina, antes ia a todas e era tão alegre e dançava tão bem, o que houve, Cuéllar? E Chabuca que não fosse estraga-prazeres, venha, assim pode encontrar um dia alguma garota do seu agrado e ficar com ela. Mas ele nem pensar, de perdido, nossas festas o aborreciam, de homem experiente, não ia porque tinha outras melhores onde me divirto mais. O caso é que você não gosta de garota decente, diziam elas, e ele como amigas claro que sim, e elas só de caboclas, vagabundas, bandidas e, de repente, Piroquinha, gggggostavvvva sssiiimm, começava, de garottta decentttte, a gaguejar, sssó qqqque a maggrela Gamio nnnão, elas já ficou nervoso e ele alllém do mmais não tttinha tempppo por cccausa dos exammmes e eles agora chega, íamos defendê-lo, não vão conseguir, ele tinha os seus casinhos, os seus segredinhos, depressa irmão, olhe que sol, La Herradura deve estar uma brasa, pé na tábua, faça o poderoso Ford voar.

Ficávamos na frente do Las Gaviotas e, enquanto os quatro casais tomavam sol na areia, Cuéllar se exibia pegando jacaré. Olhe essa aí que está se formando, dizia Chabuca, aquela enorme, será que você consegue? Piroquinha se levantava com um pulo, estava entusiasmado, nisso pelo menos ele podia vencer: ia tentar, Chabuquita, olhe. Precipitava-se — corria estufando o peito, jogando a cabeça para trás —, mergulhava, avançava com braçadas bonitas, batendo pernas o tempo todo, como ele nada bem dizia Pusy, alcançava a onda quando estava a ponto de estourar, olhe só como corre atrás, teve coragem dizia a China, flutuava quase sem afundar a cabeça, um braço rígido e o outro batendo, cortando a água como um campeão, e então o víamos subir até a crista da onda, cair com ela, desaparecer num estrondo de espuma, olhem só olhem só, será que vai derrubá-lo dizia Fina, e o viam reaparecer e ser impulsionado pela onda, com o corpo arqueado, a cabeça de fora, os pés cruzados no ar, e o víamos chegar suavemente até a margem, empurrado pelas marolas.

Você é bom nisso, diziam elas enquanto Cuéllar dava as costas para a ressaca, acenava para nós e se metia de novo no mar, era tão simpático, e também boa-pinta, por que não tinha namorada? Eles se olhavam de lado, Lalo ria, Fina o que houve, por que essas gargalhadas, contem, Choto ficava vermelho, essas gargalhadas não eram por nada e além do mais de que está falando, que gargalhadas, ela não se faça de bobo e ele não, nada disso, palavra. Não tinha namorada porque era tímido, dizia Chingolo, e Pusy não era, que tímido coisa nenhuma, era até descarado, e Chabuca então por quê? Está procurando mas não encontra, dizia Lalo, logo vai arranjar alguma, e a China negativo, não estava nem procurando, nunca ia às festas, e Chabuca então por quê? Elas sabem, dizia Lalo, apostava a cabeça que sim, elas sabiam e fingiam que não, para quê?, para arrancar na voz deles, se não sabiam por que tanto por quê, tanto olhar estranho, tanta malícia na voz. E Choto: não, você está enganado, elas não sabiam, eram perguntas inocentes, as garotas não se conformavam com o fato de que ele não tinha namorada, na sua idade, sentem pena de vê-lo sozinho, queriam ajudá-lo. Talvez não saibam mas qualquer dia saberão, dizia Chingolo, e vai ser culpa dele, o que custava dar em cima de alguma nem que fosse só para despistar?, e Chabuca então por quê?, e Mañuco que diferença faz, não pressione tanto, na hora menos esperada ele se apaixona por alguém, ia ver, e agora calem a boca que está chegando.

À medida que os dias passavam, Cuéllar ficava mais antissocial com as garotas, mais lacônico e esquivo. Também mais louco: estragou a festa de aniversário de Pusy soltando uma saraivada de foguetes pela janela, ela começou a chorar e Mañuco se irritou, foi procurá-lo, os dois brigaram, Piroquinha o esmurrou. Levamos uma semana para conseguir que fizessem as pazes, desculpe Mañuco, porra, nem sei o que me deu, irmão, não foi nada, eu é que peço desculpas, Piroquinha, por ter me irritado, venha venha, Pusy também o perdoou e quer ver você; apareceu bêbado na Missa do Galo e Lalo e Choto tiveram que levá-lo para o parque, soltem-me, delirando, estava se lixando, vomitando, queria um revólver, para quê, irmãozinho?, com diabos azuis, para nos matar?, sim e também esse aí que está passando bum bum e você e eu também bum bum; certo domingo invadiu o gramado do hipódromo e com seu Ford ffffuumm investia contra as pessoas ffffuumm que berravam e pulavam por cima das barreiras, aterrorizadas, ffffuum. No carnaval, as garotas fugiam: ele as bombardeava com projéteis fedorentos, cascas de ovo, frutas podres, balões inflados com xixi, e as sujava de lama, tinta, farinha, detergente (de lavar panela) e betume: selvagem, diziam elas, porco, bruto, animal, e ele aparecia na festa do Terrazas, no baile infantil do parque de Barranco, no baile do Lawn Tennis, sem fantasia, um frasco de lança-perfume em cada mão, píquiti píquiti huas, acertava, acertava nos olhos, rá rá, píquiti píquiti huas, ficou cega, rá rá, ou armado com uma bengala para atravessar entre os pés dos casais e jogá-los no chão: pumba. Brigava, apanhava, às vezes o defendíamos mas ele nunca aprende, dizíamos, qualquer hora dessas vão matá-lo.

Essas loucuras lhe deram má fama e Chingolo, irmão, você tem que mudar, Choto, Piroquinha, já está ficando antipático, Mañuco, as garotas não queriam mais andar com ele, achavam que era um bandido, prepotente e chato. Ele, às vezes triste, tinha sido a última vez, ia mudar, palavra de honra, às vezes briguento, bandido, ah, é?, era isso que essas fofoqueiras falavam de mim?, não se importava, nem ligava, estava cagando para essas dondoquinhas.

Na festa de formatura — a rigor, duas orquestras, no Country Club —, o único ausente da turma foi Cuéllar. Não seja bobo, dizíamos, você tem que vir, nós arranjamos uma garota para você, Pusy já falou com a Margot, Fina com Ilse, a China com Elena, Chabuca com Flora, todas queriam, morriam de vontade de ser seu par, escolha uma e venha para a festa. Mas ele não, que ridículo vestir smoking, não iria, era melhor a gente se encontrar depois. Bem, Piroquinha, como quisesse, que não fosse, você é do contra, que nos esperasse no El Chasqui às duas, deixaríamos as garotas em casa e depois iríamos encontrá-lo para tomar umas e outras, dar umas voltas por aí, e ele meio tristonho isso sim.

4

NO ANO SEGUINTE, quando Chingolo e Mañuco já estavam no primeiro de Engenharia, Lalo no Pré-Médicas e Choto começava a trabalhar na Casa Wiese e Chabuca não era mais namorada do Lalo e sim do Chingolo e a China não era mais do Chingolo e sim do Lalo, Teresita Arrarte chegou a Miraflores: Cuéllar a viu e, pelo menos por um tempo, mudou. Da noite para o dia deixou de fazer loucuras e de andar em mangas de camisa, com a calça toda manchada e o cabelo despenteado. Começou a usar paletó e gravata, um topete ao estilo Elvis Presley e a engraxar os sapatos: o que houve com você, Piroquinha, nem dá para reconhecer, calma, rapaz. E ele nada, de bom humor, não houve nada, precisava cuidar um pouco da pinta, não é?, soprando, lustrando as unhas, parecia até o de antes. Que alegria, irmão, dizíamos, que revolução ver você assim, não será que?, e ele, como um pão de mel, quem sabe. Teresita?, de repente, gostava dela?, pode ser, como um chiclete, pode ser.

Ficou sociável outra vez, quase tanto como na infância. Aos domingos aparecia na missa de meio-dia (às vezes o víamos comungar) e na saída se aproximava das garotas do bairro, como vão?, tudo bem, Teresita, vamos ao parque?, podíamos sentar nesse banco que tinha sombrinha. De tarde, ao escurecer, ia para a pista de patinação e caía e se levantava, engraçado e conversador, venha venha Teresita, ele lhe ensinaria, e se caísse?, não que nada, ele lhe daria a mão, venha venha, uma voltinha só, e ela está bem, coradinha e brejeira, uma só mas devagarzinho, lourinha, bundudinha e com dentes de camundongo, vamos. Deu também para frequentar o clube Regatas, papai, que entrasse de sócio, todos os seus amigos iam e o velho ok, vou comprar um título, ia remar, rapaz?, sim, e o Boliche da Diagonal. Dava até umas voltinhas aos domingos de tarde pelo parque Salazar, e sempre o viam risonho, Teresita sabia em que um elefante se parecia com Jesus?, serviçal, ponha os meus óculos, Teresita, o sol está forte, falador, quais são as novidades, Teresita, na sua casa todos bem? e generoso um cachorro-quente, Teresita, um sanduichinho, um milk-shake?

Pronto, dizia Fina, chegou sua hora, está apaixonado. E Chabuca como tinha se enrabichado por Teresita, olhava para ela e babava, e eles de noite, em volta da mesa de bilhar, enquanto o esperávamos, vai pedir para namorar?, Choto, vai ter coragem?, e Chingolo, será que Tere sabe? Mas ninguém perguntava na sua frente e ele não se dava por aludido com as indiretas, viu a Teresita?, sim, foram ao cinema?, o filme da Ava Gardner, na matinê, e tudo bem?, ótimo, um estouro, que fôssemos também, não percam. Tirava o casaco, arregaçava a camisa, empunhava o taco, pedia cerveja para os cinco, jogava e uma noite, depois de fazer um lance decisivo de carambola, à meia-voz, sem olhar para nós: finalmente, agora iam curá-lo. Marcou seus pontos, iam operá-lo, e eles o que estava falando, Piroquinha?, vai mesmo se operar?, e ele se fazendo de indiferente, que bom, não é mesmo? Era possível, sim, não aqui, em Nova York, seu velho ia levá-lo, e nós que bárbaro, irmão, coisa formidável, que grande notícia, quando ia viajar?, e ele logo, daqui a um mês, para Nova York, e eles que risse, vamos, cante, berre, fique feliz, irmãozinho, que alegria. Só que ainda não era certo, tinha que esperar uma resposta do médico, meu velho já lhe escreveu, não é um médico, é um sábio, um crânio desses que existem lá e ele, papai, já chegou?, não, e no dia seguinte chegou alguma carta, mamãe?, não, meu coração, fique calmo, já vai chegar, não devia ser impaciente e afinal chegou e o velho segurou-o pelo ombro: não, não era possível, garoto, tinha que ser corajoso. Rapaz, que pena, diziam, e ele mas pode ser que em outro lugar sim, na Alemanha por exemplo, em Paris, em Londres, seu velho ia averiguar, escrever mil cartas, gastaria até o que não tinha, garoto, e ele viajaria, seria operado e ficaria bom, e nós claro, irmãozinho, claro que sim, e quando saía, coitadinho, dava vontade de chorar. Choto: por que diabo Teresita veio para o bairro, e Chingolo ele já tinha se conformado e agora está desesperado e Mañuco mas quem sabe mais tarde, a ciência avançava tanto, não é mesmo?, descobririam alguma coisa e Lalo não, seu tio médico lhe dissera que não, não há remédio, não tem jeito e Cuéllar, já, papai?, ainda não, de Paris, mamãe?, e se de repente em Roma?, da Alemanha, já?

E, enquanto isso, começou a ir de novo às festas e, para apagar a má fama que adquirira com suas loucuras de roqueiro e conquistar as famílias, se comportava nos aniversários e festinhas como um rapaz modelo: chegava pontualmente e sem ter bebido, com um presentinho na mão, Chabuquita, para você, feliz aniversário, e estas flores para sua mamãe, escute, Teresita veio? Dançava todo duro, todo certinho, você parece um velho, não apertava o par, chamava as garotas que esquentavam as cadeiras, venha gordinha, vamos dançar, e conversava com as mamães, os papais, e era solícito, sirva-se minha senhora, às tias, quer um suquinho?, aos tios um traguinho?, lisonjeiro, que bonito o seu colar, como brilhava o seu anel, loquaz, foi à corrida, senhor, quando ia ganhar o grande prêmio? e galanteador, a senhora é uma mulher e tanto, dona, que lhe ensinasse a requebrar assim, dom Joaquín, o que não daria para dançar assim.

Quando estávamos conversando, sentados num banco do parque, e chegava Teresita Arrarte, sentados em volta da mesa do Cream Rica, Cuéllar mudava, ou andando pelo bairro, de assunto: quer deslumbrá-la, diziam, fazer-se passar por crânio, conquistar sua admiração.

Falava de coisas estranhas e difíceis: a religião (será que Deus que era todo-poderoso podia se matar sendo imortal?, vamos ver, quem de nós resolvia a charada), a política (Hitler não era tão louco como diziam, em poucos anos fez da Alemanha um país que se emparelhou com todos os outros, não foi?, o que estavam pensando), o espiritismo (não era coisa de superstição, era ciência, na França havia médiuns até na universidade e eles não apenas invocam as almas, também as fotografam, ele tinha visto num livro, Teresita, se quisesse podia conseguir e emprestar-lhe). Anunciou que iria estudar: no ano seguinte entraria na Universidade Católica e ela, exagerada, que bacana, que carreira ia seguir? e enfatizava com as mãozinhas brancas, ia fazer advocacia, os dedinhos gordos e as unhas compridas, advocacia? ui, que desagradável!, pintadas com esmalte natural, entristecendo-se, e ele mas não para ser rábula e sim para entrar para a Torre Tagle e virar diplomata, alegrando-se, mãozinhas, olhos, pestanas, e ele sim, o ministro era amigo do seu velho, já tinha falado com ele, diplomata?, boquinha, ui, que lindo! e ele, derretido, caidinho, claro, viajavam tanto, e ela isso também, e depois porque passavam a vida em festas: olhinhos.

O amor faz milagres, dizia Pusy, como ficou educado, que cavalheiro. E a China: mas era um amor meio esquisito, se ele estava tão a fim de Tere por que não se declarava de uma vez?, e Chabuca isso mesmo, o que estava esperando?, já fazia mais de dois meses que a perseguia e até agora muito barulho por nada, que história era essa. Eles, entre si, será que sabem ou estão fingindo?, mas diante delas nós o defendíamos disfarçando: devagar se vai ao longe, garotas. É coisa de orgulho, dizia Chingolo, não deve querer se arriscar até ter certeza de que ela vai topar. Mas claro que ia topar, dizia Fina, não o paquerava?, olhe só o Lalo e a China, que melosos, e não lhe mandava indiretas?, como você patina bem, que pulôver bonito, que quentinho, e até se declarava de brincadeira, meu par vai ser você?, justamente por isso ela desconfia, dizia Mañuco, com garotas dengosas como a Tere nunca se sabe, parece que sim e depois que não. Mas Fina e Pusy não, mentira, já tinham lhe perguntado, você vai aceitá-lo? e ela deu a entender que sim, e Chabuca por acaso não saía tanto com ele, nas festas não dançava só com ele, no cinema com quem se sentava a não ser com ele? Mais claro que água: ela morre de amores por ele. E a China mas ia acabar cansando de tanto esperar que ele pedisse, digam-lhe que se decida de uma vez e se queria uma ocasião nós arranjaríamos, por exemplo uma festinha no sábado, eles dançariam um pouquinho, na minha casa ou na de Chabuca ou na de Fina, sairíamos para o jardim e deixariam os dois sozinhos, o que mais podia querer. E no bilhar: elas não sabiam, que inocentes, ou que hipócritas, sabiam sim, e fingiam que não.

As coisas não podem continuar assim, disse Lalo um dia, ela o tratava como um cachorro, Piroquinha ia enlouquecer, podia até morrer de amor, vamos fazer alguma coisa, eles sim, mas o quê, e Mañuco descobrir se Tere está mesmo a fim dele ou é só fita. Foram à sua casa, perguntamos, mas ela tirava de letra, dá de mil em nós quatro, diziam. Cuéllar?, sentadinha na varanda da sua casa, mas vocês não o chamam de Cuéllar e sim de uma palavra feia, balançando-se para que a luz do poste batesse nas pernas, apaixonado por mim?, não eram de se jogar fora, mas como sabíamos? E Choto não se faça de boba, você sabia e eles também e as garotas e em toda Miraflores falavam disso e ela, olhos, boca, narizinho, é mesmo?, como se de repente topasse com um marciano: era a primeira vez que ouvia. E Mañuco vamos, Teresita, que fosse sincera, de peito aberto, não percebia como ele a olhava? E ela ai, ai, ai, aplaudindo, mãozinhas, dente, sapatinhos, que olhássemos, uma borboleta!, que nós corrêssemos, pegássemos e trouxéssemos o bichinho. Ele a olhava, sim, mas como amigo e, além do mais, que bonita, tocando nas asinhas, dedinhos, unhas, vozinha, vocês a mataram, coitadinha, nunca lhe dizia nada. E eles que conversa, que mentira, alguma coisa ele devia dizer, pelo menos elogiava, e ela não, palavra, ia fazer um buraquinho no jardim para enterrá-la, um cachinho, o pescoço, as orelhinhas, nunca, jurava. E Chingolo por acaso não notava como ele a seguia?, e

Teresita devia segui-la como amigo, ai, ai, ai, batendo pé, mãozinhas, olhaços, não estava morta, a bandida voou!, cintura e peitinhos, porque então nem tinha segurado a sua mão, hein? ou melhor dizendo, tentado, hein?, está ali, ali, que corrêssemos, ou teria se declarado, hein?, e a pegássemos de novo: é que ele é tímido, dizia Lalo, segure-a mas, cuidado, vai se sujar, e ele não sabe se você o aceita, Teresita, ia aceitá-lo? e ela ah, ah, ruguinhas, testinha, vocês a mataram e esmigalharam, uma covinha nas bochechas, pestaninhas, sobrancelhas, quem? e nós como assim, quem? e ela melhor jogá-la fora assim como estava, toda esmagada, para que enterrá-la: ombrinhos. Cuéllar?, e Mañuco sim, você está a fim?, ainda não sabia e Choto então gostava mesmo, Teresita, se estava a fim, e ela não tinha falado isso, só que não sabia, depois pensaria se tivesse oportunidade mas na certa não teria e eles aposto que sim. E Lalo achava-o boa-pinta?, e ela Cuéllar?, cotovelos, joelhos, sim, era um pouquinho boa-pinta, hein? e nós está vendo, está vendo que gostava? e ela não tinha falado isso, não, que não fizéssemos trapaças, olhem, a borboletinha brilhava entre os gerânios do jardim ou era outro bichinho?, a ponta do dedinho, o pé, um saltinho branco. Mas por que esse apelido tão feio, nós éramos muito grossos, por que não lhe deram um apelido bonito como têm o Frango, o Boby, o Superman ou o Coelho Villarán, e nós gostava sim, gostava sim, não estava vendo?, se tinha pena dele por causa do apelido, então gostava, Teresita, não gostava?, um pouquinho, olhos, risadinha, só como amigo, claro.

Ela finge que não, dizíamos, mas não há dúvida que sim: que o Piroquinha se declare e tudo resolvido, vamos falar com ele. Mas era difícil e não tomavam coragem.

* * *

E Cuéllar, por seu lado, também não se decidia: continuava dia e noite atrás de Teresita Arrarte, contemplando-a, dizendo-lhe gracinhas, enchendo-a de mimos e em Miraflores os que não sabiam caçoavam dele, conversa-fiada, diziam, é pura pinta, totó de madame e as garotas lhe cantavam "Até quando, até quando" para vexá-lo e animá--lo. Então, uma noite o levamos ao cinema Barranco e, na saída, irmão, vamos até La Herradura no seu poderoso Ford e ele ok, tomariam umas cervejas e jogariam totó, perfeito. Fomos no poderoso Ford, roncando, derrapando nas curvas e no Malecón de Chorrillos um tira os fez parar, iam a mais de cem, senhor, caboclinho, não seja assim, não precisa ser mau, e pediu a carteira e tiveram que lhe dar uns trocados, senhor?, tome uns piscos à nossa saúde, caboclinho, não precisava ser mau, e em La Herradura desceram e sentaram-se em volta de uma mesa do Nacional: que mestiçada, irmão, mas essa barafunda não estava nada mal e como dançam, era mais divertido que o circo. Tomamos duas garrafas de Cristal e não se atreviam, quatro, e nada, seis e Lalo começou. Sou seu amigo, Piroquinha, e ele riu, já bêbado? e Mañuco nós gostamos muito de você, irmão, e ele já?, rindo, porre carinhoso você também? e Chingolo: queriam falar com ele, irmão, e também aconselhá-lo. Cuéllar se transformou, empalideceu, brindou, engraçado aquele casal, não é?, ele um sapo e ela uma macaca, não é?, e Lalo para que disfarçar, amigo, você está apaixonado pela Tere, não está? e ele tossiu, espirrou, e Mañuco, Piroquinha, diga-nos a verdade, sim ou não? e ele riu, muito triste e trêmulo, quase não se ouvia: sssimm esstaaava, sssimmm. Duas garrafas de Cristal mais e Cuéllar não sabia o que fazer, Choto, o que podia fazer? e ele pede para namorar e ele não dá, Chingolito, como vou pedir e ele pedindo, companheiro, declarando o seu amor, ora, ela vai responder que sim. E ele não era por isso, Mañuco, podia até falar, mas e depois? Tomava a cerveja e perdia a voz e Lalo depois seria depois, agora declare-se e pronto, quem sabe daqui a um tempo você se cura e ele, Chotito, e se Tere sabia, se alguém tivesse contado a ela?, e eles não sabia, nós já lhe perguntamos, é louca por você e a voz voltava é louca por mim? e nós sim, e ele claro que talvez eu possa me curar dentro de um tempo, não achávamos que sim? e eles sim sim, Piroquinha, e em todo caso você não pode continuar assim, amargurado, emagrecendo, fugindo: que pedisse de uma vez. E Lalo como podia duvidar? Pediria, teria namorada, e ele, o que ia fazer? e Choto podia acariciá-la e Mañuco segurar a sua mão e Chingolo beijá-la e Lalo boliná-la um pouquinho e ele, e depois? e perdia a voz e eles, depois?, e ele depois, quando crescessem e você se casasse, e ele, e você e Lalo: que absurdo, como ia ficar pensando desde agora, e aliás isso era o de menos. Um dia a largaria, inventaria uma briga com qualquer pretexto e acabaria, assim tudo se ajeitaria e ele, querendo e não querendo falar: justamente era isso o que não queria, porque, porque gostava dela. Mas um pouquinho depois — dez garrafas de Cristal já — irmãos, nós tínhamos razão, era mesmo melhor: vou me declarar, passo um tempo com ela e depois a largo.

Mas as semanas passavam e nós quando, Piroquinha, e ele amanhã, mas não se decidia, ia pedir amanhã, palavra, sofrendo como nunca viram antes nem depois, e as garotas *"estás perdiendo el tiempo, pensando, pensando"* cantavam-lhe o bolero *Quizás, quizás, quizás*. Então começaram as crises: de repente jogava o taco de bilhar no chão, declare-se, irmão!, e ficava reclamando das garrafas ou dos cigarros, arranjava encrenca com todo mundo ou lhe brotavam lágrimas dos olhos, amanhã, desta vez era verdade, juro que sim: vou pedir a ela ou me mato. *"Y así pasan los días, y tú desesperando..."* e ele saía da matinê e ficava andando, trotando pela avenida Larco, deixem-me, como um cavalo louco, e eles atrás, vão embora, queria ficar sozinho, e nós declare-se, Piroquinha, não sofra, declare-se, declare-se, *quizás, quizás, quizás*. Ou entrava no El Chasqui e bebia, que ódio, Lalo, até ficar de porre, que sofrimento terrível, Chotito, e eles o acompanhavam, tenho vontade de matar, irmão!, e o levávamos meio carregado até a porta da casa, Piroquinha, resolva isso de uma vez, declare-se, e elas de manhã e de tarde *"por lo que tú más quieras, hasta cuándo, hasta cuándo"*. Estão infernizando a vida dele, dizíamos, vai acabar bêbado, delinquente, maluco.

Assim terminou o inverno, começou outro verão e, junto com o calor, chegou a Miraflores um rapaz de San Isidro que estudava arquitetura, tinha um Pontiac e era nadador: Cachito Arnilla. Ele se aproximou do grupo e este a princípio lhe fazia cara feia e as garotas o que você quer aqui, quem o convidou, mas Teresita deixem-no, blusinha branca, não o provoquem, Cachito sente-se ao meu lado, gorrinho de marinheiro, jeans, eu o convidei. E eles, irmão, não notava?, e ele sim, está paquerando, seu bobo, vai roubá-la de você, se não agir rápido vai ficar na mão, e ele e qual o problema se a roubar, e nós já não se importava? e ele pppor qqque sssse importaria, e eles não gostava mais dela?, qqque ggggostava nnnada.

* * *

 Cachito se declarou a Teresita no fim de janeiro e ela respondeu que sim: coitado do Piroquinha, dizíamos, está arrasado e a Tere que bandida, que desgraçada, que cachorrada ela fez. Mas agora as garotas já a defendiam: bem feito, culpa dele, e Chabuca até quando a pobre Tere ia esperar que se decidisse?, e a China cachorrada coisa nenhuma, pelo contrário, a cachorrada foi dele, deixou-a tanto tempo perdendo tempo e Pusy além do mais Cachito era muito bom rapaz. Fina e simpático e boa-pinta e Chabuca e Cuéllar um tímido e a China um bicha.

5

ENTÃO PIROCA CUÉLLAR VOLTOU A APRONTAR DAS SUAS. Que legal, dizia Lalo, pegou onda na Semana Santa? E Chingolo: onda não, ondonas de cinco metros, irmão, assim enormes, de dez metros. E Choto: faziam um barulho tremendo, chegavam até as barracas, e Chabuca mais, até o Malecón, salpicavam os carros da pista e, claro, ninguém entrava na água. Tinha feito aquilo para que Teresita Arrarte o visse?, sim, para deixar mal o namorado?, sim. Claro, como se dissesse Tere olhe o que me atrevo a fazer e o Cachito nada, ele era mesmo tão bom nadador?, fica na beirinha como as mulheres e as crianças, olhe só quem você perdeu, que bárbaro.

Por que o mar ficava tão bravo na Semana Santa?, dizia Fina, e a China de raiva porque os judeus mataram Cristo, e Choto os judeus o mataram?, ele achava que tinham sido os romanos, que bobo. Estávamos sentados no Malecón, Fina, com roupa de banho, Choto, as pernas de fora, Mañuco, aquelas ondonas estouravam, a China, e vinham e molhavam os nossos pés, Chabuca, como estava fria, Pusy, e suja,

Chingolo, a água preta e a espuma cor de café, Teresita, cheia de algas e águas-vivas e Cachito Arnilla, e nisso psiu, psiu, olhem, lá vinha Cuéllar. Iria se aproximar, Teresita?, fingiria que não a via? Estacionou o Ford em frente ao Clube de Jazz de La Herradura, desceu, entrou no Las Gaviotas e saiu com roupa de banho — era nova, dizia Choto, amarela, uma Jantsen, e Chingolo ele pensou até nisso, calculou tudo para chamar a atenção, viu, Lalo? —, uma toalha em volta do pescoço como um xale e óculos escuros. Olhou com escárnio os banhistas assustados, espremidos entre o Malecón e a praia e olhou os vagalhões enlouquecidos e furiosos que sacudiam a areia e levantou a mão, acenou e se aproximou de nós. Olá, Cuéllar, que furada, não é?, olá, olá, cara de quem não entendia, seria melhor ter ido nadar na piscina do Regatas, não é?, o que foi, cara de por quê, o que houve. E por fim cara de, por causa das ondonas?: não, que ideia, não eram nada de mais, o que é que nós tínhamos (Pusy: a saliva pela boca e o sangue pelas veias, rá rá), porque o mar estava ótimo assim, Teresita olhinhos, falava sério?, sim, formidável até para pegar onda, estava brincando, não estava?, mãozinhas e Cachito ele se atreveria?, claro, de peito ou com prancha, não acreditávamos?, não, era disso que nós ríamos?, tinham medo?, de verdade?, e Tere ele não tinha?, não, ia entrar?, sim, ia pegar onda?, claro: gritinhos. E o viram tirar a toalha, olhar para Teresita Arrarte (deve ter ficado vermelha, não é?, dizia Lalo, e Choto não, que nada, e Cachito?, ele sim, ficou nervoso) e descer correndo os degraus do Malecón e mergulhar na água com um salto mortal. E o vimos passar rapidinho pela ressaca da beira e chegar num segundo à arrebentação. Vinha uma onda e ele afundava e depois saía e mergulhava de novo e saía, o que parecia?, um peixinho, um golfinho, um gritinho, onde estava?, outro, olhem lá, um bracinho, ali, ali. E o viam afastar-se, desaparecer, aparecer de novo e diminuir até chegar aonde as ondas começavam, Lalo, e que ondas: grandes, trêmulas, levantavam-se e não caíam nunca, pulinhos, era aquela coisinha branca?, nervos, sim. Ia, vinha, voltava, sumia entre a espuma e as ondas e retrocedia e continuava, o que parecia?, um patinho, um barquinho de papel, e para vê-lo melhor Teresita se levantou, Chabuca, Choto, todos, Cachito também, mas quando ia descer? demorou mas afinal se decidiu. Virou-se para a praia e nos procurou e ele nos acenou e eles lhe acenaram, toalhinha balançando. Deixou passar uma, duas, e na terceira onda o viram, adivinhamos como enfiava a cabeça, tomava impulso com um dos braços para pegar a correnteza, mantendo o corpo duro e batendo os pés. Deixou-se levar, abriu os braços, subiu (uma ondona de oito metros?, dizia Lalo, mais, da altura do teto?, mais, igual à catarata do Niágara, então?, mais, muito mais) e caiu junto com a pontinha da onda e a montanha de água engoliu-o e então apareceu a ondona, saiu, saiu?, e se aproximou roncando feito um avião, vomitando espuma, já o viram, está ali?, e por fim começou a descer, a perder força e ele apareceu, quietinho, e a onda o trazia suavemente, forrado de algas, quanto tempo aguentou sem respirar, que pulmões, e o fazia encalhar na areia, que incrível: nos deixara de queixo caído, Lalo, não era para menos, claro. Foi assim que recomeçou.

No meio desse ano, pouco depois das Festas Patrióticas, Cuéllar começou a trabalhar na fábrica do velho: agora vai entrar na linha, diziam, vai virar um rapaz sério. Mas não aconteceu isso, muito pelo contrário. Ele saía do escritório às seis e às sete já estava em Miraflores e às sete e meia no El Chasqui, debruçado no balcão, bebendo (uma Cristal pequena, um *capitán*) e esperando que chegasse algum conhecido para jogar. Anoitecia ali, entre dados, cinzeiros abarrotados de guimbas, jogadores e garrafas de cerveja gelada, e arrematava as noites vendo um show, em cabarés de quinta categoria (o Nacional, o Pinguino, o Olímpico, o Turbillón) ou, se estivesse duro, enchendo a cara em antros da pior espécie, onde podia deixar de garantia sua caneta Parker, seu relógio Omega, sua pulseira de ouro (cantinas do Surquillo ou do Porvenir), e certas manhãs aparecia arranhado, um olho preto, uma das mãos enfaixada: está perdido, dizíamos, e as garotas coitada da mãe dele e eles sabem que agora ele anda com veados, cafetões e drogados? Mas aos sábados sempre saía conosco. Passava para apanhá-los depois do almoço e, quando não íamos ao hipódromo ou ao estádio, ficavam na casa de Chingolo ou na de Mañuco jogando pôquer até escurecer. Então voltávamos para as nossas casas e tomavam banho e nos arrumávamos e Cuéllar os buscava no poderoso Nash que seu velho lhe dera ao chegar à maioridade, rapaz, já tinha vinte e um anos, já pode votar e a velha não corra muito, meu coração, um dia ainda vai se matar. Enquanto tomávamos uma dose no chinês da esquina, iriam ao restaurante?, discutíamos, o da rua Capón?, e contavam piadas, comer espetinhos Debaixo da Ponte?, Piroquinha era um campeão, à Pizzaria?, sabem aquela do e o que a rãzinha disse e a do general e quando Toñito Mella se cortava ao fazer a barba, o que acontecia? se capava, rá rá rá, o coitado era tão escroto.

Depois de comer, já animadinhos com as piadas, íamos percorrer bordéis, as cervejas, de La Victoria, a conversa, de Prolongación Huá-

nuco, o molho oriental e a pimenta, ou da avenida Argentina, ou davam uma paradinha no Embassy ou no Ambassador para ver o primeiro show do bar e geralmente terminávamos na avenida Grau, na casa de Nanette. Chegaram os miraflorinos, porque lá os conheciam, olá Piroquinha, por seus nomes e pelos apelidos, como vai? e as meninas adoravam e eles morriam de rir: tudo bem. Cuéllar se irritava e às vezes brigava com elas e saía batendo a porta, não volto mais, mas outras vezes ria e dava corda e esperava, dançando, ou sentado junto ao toca-discos com uma cerveja na mão, ou conversando com Nanette, que eles escolhessem sua menina, que subíssemos e que descessem: que rapidinho, Chingolo, dizia, como foi? ou como demorou, Mañuco, ou fiquei espiando pelo buraco da fechadura, Choto, você tem cabelo na bunda, Lalo. E num desses sábados, quando voltaram para o salão, Cuéllar não estava lá e Nanette de repente ele se levantou, pagou sua cerveja e saiu, nem se despediu. Saímos à avenida Grau e aí o encontraram, encolhido em cima do volante do Nash, tremendo, irmão, o que houve, e Lalo: estava chorando. Você está passando mal, velho?, perguntavam, alguém sacaneou você?, e Choto quem lhe faltou ao respeito?, quem, iam entrar e bateríamos nele e Chingolo as meninas o estavam amolando? e Mañuco não ia chorar por uma besteira qualquer, certo? Que não desse importância, Piroquinha, vamos, não chore, e ele abraçava o volante, suspirava e com a cabeça e a voz cortada não, soluçava, não, não amolaram, e enxugava os olhos com o lenço, ninguém o ofendera, quem ia se atrever. E eles acalme-se, homem, irmão, então por quê, muita bebida?, não, estava doente?, não, nada, estava bem, dávamos palmadinhas em suas costas, homem, velho, irmão, encorajavam-no, Piroquinha. Que se acalmasse, que risse, que desse a partida no potente Nash, vamos sair por aí. Tomariam a saideira no Turbillón, vamos chegar a tempo para ver o segundo show, Piroquinha, que saísse logo e parasse de chorar. Cuéllar afinal se acalmou, arrancou e na avenida 28 de Julho já estava rindo, velho, e de repente um soluço, abra o coração conosco, o que foi, e ele nada, porra, tinha ficado um pouquinho triste, só isso, e eles por que se a vida era doce, compadre, e ele por um monte de coisas, e Mañuco o que por exemplo, e ele que os homens ofendessem tanto a Deus, por exemplo, e Lalo do que você está falando?, e Choto queria dizer que pecassem tanto?, e ele sim, por exemplo, que droga, não é?, sim, e também que a vida fosse tão sem graça. E Chingolo mas que sem graça, homem, era doce como o mel, e ele por que a gente passava o tempo trabalhando, ou bebendo, ou farreando, todo dia a mesma coisa e de repente envelhecia e morria, que merda, não é?, sim. Você estava pensando nisso na casa de Nanette?, ali, diante das meninas?, sim, tinha chorado por isso?, sim, e também de pena dos pobres, dos cegos, dos pernetas, daqueles mendigos que ficam pedindo esmola no largo da União, e dos garotos que vendiam *La Crónica*, que bobo, não é mesmo? e desses caboclinhos que engraxam sapatos na praça San Martín, que bobo, não é mesmo?, e nós claro, que bobo, mas já tinha passado, certo?, claro, já esqueceu?, claro, então dê um risinho para nós acreditarmos, rá rá. Vamos Piroquinha, mais rápido, pé na tábua, que horas eram, a que horas o show começava, ninguém sabia. Ainda estaria lá aquela mulata cubana?, como se chamava?, Ana, como a chamavam?, a Caimana, vamos ver, Piroquinha, prove que já esqueceu mesmo, dê outro risinho: rá rá.

6

QUANDO LALO SE CASOU COM CHABUCA, no mesmo ano em que Mañuco e Chingolo se formavam em engenharia, Cuéllar já sofrera vários acidentes e seu Volvo vivia amassado, arranhado, com os faróis rachados. Você vai acabar morrendo, meu coração, não faça loucuras e o velho já era o cúmulo, rapaz, até quando ia continuar assim, outra gracinha dessas e nunca mais lhe daria um centavo, que repensasse e se corrigisse, se não for por você faça isso por sua mãe, ele falava pelo seu próprio bem. E nós: você já está grandinho para andar por aí com crianças, Piroquinha. Porque agora dava para isso. Passava as noites jogando com os notívagos do El Chasqui ou do D'Onofrio, ou conversando e bebendo com os veados ou os mafiosos do Haiti (quando será que trabalha, dizíamos, ou será mentira que trabalha?), mas de dia vagabundeava de um canto de Miraflores para o outro e era visto nas esquinas, vestido como James Dean (jeans justos, camisa colorida aberta do pescoço até o umbigo, uma correntinha de ouro dançando no peito e se enredando entre os pelinhos, mocassins brancos), jogando pião com os moleques, batendo bola numa garagem, tocando gaita.

Seu carro andava sempre cheio de roqueiros de treze, catorze, quinze anos e, aos domingos, aparecia no Waikiki (queria entrar de sócio, papai, a prancha havaiana era o melhor esporte para não engordar e ele também poderia ir quando fizesse sol, almoçar com a velha em frente ao mar) com bandos de guris, olhem, olhem, está ali, que bonitinho, e que bem acompanhado, que jovial: subia um por um na sua prancha havaiana e ia com eles para lá da arrebentação. Ensinava-os a dirigir o Volvo e se exibia para eles fazendo curvas em duas rodas no Malecón e os levava ao estádio, ao catch, aos touros, às corridas, ao boliche, ao boxe. Pronto, dizíamos, era fatal: veado. E também: mas o que mais lhe restava, era compreensível, desculpável só que, irmão, está cada dia mais difícil andar com ele, na rua todos o olhavam, assobiavam e apontavam, e Choto você liga demais para o que os outros dizem, e Mañuco mas só falam mal e Lalo se nos veem muito com ele e Chingolo vão nos confundir.

Por um tempo dedicou-se ao esporte e eles só faz isso para aparecer: Piroquinha Cuéllar, piloto de automóveis como antes das ondas. Participou do Circuito de Atocongo e chegou em terceiro. Apareceu fotografado em *La Crónica* e *El Comercio* parabenizando o ganhador, Arnaldo Alvarado era o melhor, disse Cuéllar, o brioso derrotado. Mas ficou ainda mais famoso um pouco depois, apostando uma corrida ao amanhecer, da praça San Martín até o parque Salazar, com Quique Ganoza, este pela pista boa, Piroquinha pela contramão. Os policiais o perseguiram desde a Javier Prado, só o alcançaram na Dos de Mayo, como devia estar correndo. Ficou um dia na delegacia e agora chega?, dizíamos, com esse escândalo vai aprender e se emendar? Mas poucas semanas depois sofreu o seu primeiro acidente grave, participando do desafio da morte — as mãos amarradas ao volante, os olhos vendados — na avenida Angamos. E o segundo, três meses depois, na noite da despedida de solteiro de Lalo. Chega, deixe de criancices, dizia Chingolo, pare de uma vez porque eles já eram grandes para essas brincadeirinhas e queríamos descer. Mas ele nem ligava, o que tínhamos, desconfiança no mestre?, tremendos marmanjos e com tanto medo?, não vão fazer xixi nas calças, onde havia uma esquina com água para fazer uma curvinha derrapando? Estava com a corda toda e não podiam convencê-lo, Cuéllar, velho, já era suficiente, deixe-nos nas nossas casas, e Lalo ia se casar amanhã, não queria se arrebentar na véspera, não seja inconsciente, que não subisse na calçada, não atravesse o sinal vermelho nesta velocidade, que deixasse de sacanagem. Bateu num táxi em Alcanfores e Lalo não se machucou, mas Mañuco e Choto ficaram com as caras inchadas e ele quebrou três costelas. Brigamos e um tempo depois ele telefonou e fizemos as pazes e foram comer juntos mas dessa vez alguma coisa tinha se quebrado entre eles e ele e as coisas nunca mais foram como antes.

Desde então nos víamos pouco e quando Mañuco se casou lhe enviou uma comunicação de casamento sem convite e ele não foi à despedida e quando Chingolo voltou dos Estados Unidos casado com uma gringa bonita e com dois filhos que mal balbuciavam o espanhol, Cuéllar já tinha ido para a montanha, em Tingo María, diziam, foi plantar café, e quando vinha a Lima e o encontravam na rua, mal nos cumprimentávamos, como vai caboclo, como está Piroquinha, o que conta velho, vamos indo, tchau e já tinha voltado para Miraflores, mais louco do que nunca, e já tinha morrido, indo para o Norte, como?, numa batida, onde?, nas curvas traiçoeiras de Pasamayo, coitado, dizíamos no enterro, como sofreu, que vida teve, mas este fim foi ele mesmo que procurou.

    Já eram homens-feitos e todos tínhamos mulher, carro, filhos que estudavam no Champagnat, no Imaculada ou no Santa María, e estavam construindo uma casinha de verão em Ancón, Santa Rosa ou nas praias do sul, e começávamos a engordar e a ter fios grisalhos, barriguinhas, corpos moles, a usar óculos para ler, a sentir mal-estares depois de comer e de beber e em suas peles já apareciam algumas manchinhas, certas ruguinhas.

ALFAGUARA

Copyright © La Fábrica Editorial 2010
Copyright do texto © Mario Vargas Llosa, 1967
Copyright das fotografias © Xavier Miserachs

Todos os direitos desta edição reservados à
Editora Objetiva Ltda.
Rua Cosme Velho, 103
Rio de Janeiro — RJ — Cep: 22241-090
Tel.: (21) 2199-7824 — Fax: (21) 2199-7825
www.objetiva.com.br

Título original
Los cachorros

Tradução
Paulina Wacht e Ari Roitman

Revisão
Raquel Correa

Editoração eletrônica
Abreu's System Ltda.

Publicado originalmente na Espanha por La Fábrica Editorial em 2010.

CIP-BRASIL. CATALOGAÇÃO-NA-FONTE
SINDICATO NACIONAL DOS EDITORES DE LIVROS, RJ

V426f

    Vargas Llosa, Mario
        Os filhotes / Mario Vargas Llosa, Xavier Miserachs; tradução de Ari Roitman, Paulina Wacht. - Rio de Janeiro: Objetiva, 2011.

        Tradução de: *Los cachorros*
        100p.   ISBN 978-85-7962-068-3

        1. Novela peruana. I. Miserachs, Xavier, 1937-. II. Roitman, Ari. III. Wacht, Paulina. IV. Título.

11-1244   CDD: 868.99353
                             CDU: 821.134.2(85)-3